Les souris vont à la

Traduit du japonais par Nicole Coulom
© 1986, l'école des loisirs pour l'édition en langue française
© 1986, Haruo Yamashita pour le texte original et Kasuo Iwamura pour l'illustration
Titre original : « ねずみの さかなつり » (Child Honsha, Tokyo)
Droits internationaux : Japan Foreign-Rights Centre
Loi numéro 49 956 du 16 juillet 1949 sur les publications
destinées à la jeunesse : septembre 1987
Dépôt légal : septembre 2005
Imprimé en France par Aubin Imprimeur à Poitiers

Les souris vont à la pêche

Une histoire de Haruo Yamashita
illustrée par Kazuo Iwamura

l'école des loisirs
11, rue de Sèvres, Paris 6ᵉ

Il fait très froid!
Mais les sept petites souris sont pleines d'entrain.
Elles reviennent en courant de l'école et annoncent
à Maman Souris: «On va patiner sur le lac!»

Elles coiffent les sept bonnets que Maman a tricotés, chaussent leurs patins et glissent en file indienne sur la glace.
« Aujourd'hui on va tous jusqu'au milieu du lac ! »

Papa Belette et son fils font un trou dans la glace.
Pourquoi ?

Ils plongent une canne à pêche dans le trou !
« Bravo ! » s'écrie Papa Belette en voyant les poissons argentés sortir du trou.
Le fils Belette est fier de son exploit.

«Dis, Papa, emmène-nous à la pêche!»
«Je regrette, mais demain je travaille.»
«Et toi, Maman?»
«Moi, si je marche sur la glace,
je vais rouler comme une boule.
C'est dommage, j'aimais bien
aller à la pêche
quand j'étais petite.»

«Papa, c'est vrai que Maman allait à la pêche quand elle était petite?»
«Oui... et elle attrapait beaucoup de poissons, c'était une vraie championne.»

Alors les sept petites souris réfléchissent longtemps avec leur papa et trouvent un moyen pour emmener Maman Souris à la pêche.
Aussitôt elles se mettent au travail.
« Mais que faites-vous tous ensemble ? »
« Tu n'as pas le droit de venir ici, Maman, c'est un secret ! »

Le lendemain matin, la surprise de Maman est grande en voyant la chaise-traîneau que les souris ont construite. Elle est toute contente.
«La championne de pêche veut-elle s'asseoir, nous allons la tirer.»
On entasse du bois sur le traîneau et... en route!

Maman et les sept petites souris arrivent au trou creusé
par Papa Belette et son fils.
« On tire au sort celui qui commence. »
« J'ai gagné, c'est moi ! »
« Dès que tu as pris un poisson,
tu passes la ligne au suivant. »
« Tu crois que je vais en prendre ? »

«Hop!... en voilà un!»
«J'en ai pris un, j'ai un poisson!»
«Il faut en prendre d'autres... On continue!»
«Quand vous en aurez beaucoup, on les fera griller pour le déjeuner», ajoute Maman d'une voix joyeuse.

Le feu crépite, mais il n'y a toujours qu'un seul poisson.
« Peut-être que les autres sont partis ? »
« Moi… je vais patiner. »

« Alors, toujours rien ? »
« Rien, on dirait qu'ils dorment. »
« Pourtant, hier, Papa Belette et son fils en ont pêché beaucoup. »
« Maman… moi j'ai faim ! »

« Et Maman ? Elle n'a pas encore pêché ! »
« C'est ton tour, Maman ! »
« Allez, la championne ! »
« Je pense qu'il vaudrait mieux déjeuner… »
« Pas question, il faut d'abord que tu attrapes sept autres poissons. »

Soudain la canne à pêche se courbe.
« Ça y est, tu en as un !... Il a l'air très gros ! »
« Maman ! ça va ? »
« Tirez, tirez, les enfants, tous ensemble ! »

«Bravo, Maman!»
«Tu en as pris huit d'un seul coup!»
«Papa avait raison, tu es une vraie championne!»

Le déjeuner se déroule gaiement autour du feu de bois.
« Humm, c'est bon les poissons grillés tout frais ! »
« Et pour qui sera le neuvième ?... »